참회하며

시와함께(Along with Poetry) 시인선 030

참회하며

박득희 시집

시와함께 넓은마루

| 시인의 말 |

정작 품에서
떼어 놓으려니 망설여진다

굳어진 화석 마냥
꺼내고 꺼내어도 남겨진 조각들

깨끗이 비우고자
고행의 연속 중….

2023년 6월에
박득희

| 차례 |

시인의 말

제1부 경계를 허물다

12 상처
13 방황
14 약속
15 무관심
16 승화
17 의미 없는 단어
18 품 안에서
19 가시와 기둥
20 고뇌
21 경계를 허물다
22 거울 앞에서
23 질주
24 바위손
25 뒤늦은 후회
26 마음이 허물어지던 순간
28 깨달음
29 하루 차이

불면증 30
갱년기 31
어둠 속에 있는 나를 보며 32
잠 못 이루는 밤 33
보고 싶다 34
떠나고 있다 36
지난 흔적 38

제2부 여명이 오기 전에

봄의 향기 40
희망 41
여명이 오기 전에 42
은혜로다 43
석양 44
명절이 끝나고 45
양파 46
침입 47
달맞이 48
하루의 일과 50

51 버섯
52 해님의 미소
53 노을의 속삼임
54 봄의 미소
56 무법자
57 벚꽃
58 파김치
59 안경의 가출
60 선물
61 네잎클로버
62 청포도
63 풀벌레의 질투
64 너와 나
66 선물
68 대한민국 지도에 담긴 아픔

제3부 무게를 메고

72 길 위의 인연
73 후회는 없었다
74 인연의 흐름
76 작별

인연이란 77
무게 78
흔적 79
어둠의 나래 80
도망 81
그리움 82
실체 83
정화 84
호주의 하늘에서 85
풍경소리 86
이슬의 속삭임 87
잠시 쉬고 88
예전에 미처 몰랐습니다 90
변신 91
무게를 메고 92
지금 나에게 필요한 건 93
기말시험 끝나고 94
노을의 슬픔 95
흔적 없이 사라지고 있다 96
감나무의 회한 97
참회하며 98

제4부 동백꽃의 한숨

100 나이 허리띠를 풀어보니
102 케이크
103 우리 가게
104 반지
105 감의 변신
106 나의 아버지
107 갈등
108 늦둥이
110 새 생명의 탄생
112 구천동을 담으며
113 동백꽃의 한숨
114 문무대왕릉
115 도도한 간월도

116 **평설 | 서정적 동일화와 자존감의 차별성**
- 박득희 시인, 그 사유의 거리와 자리매김
엄창섭(가톨릭관동대 명예교수)

제1부

경계를 허물다

상처

내려놓는다

하면서

의지로 안 되었던 생각들

속 안에 파도치던

생각에

몸과 마음이

찢기었고

상처받은 그 마음 표현 못 해

몸부림쳤던 순간들

마음을 어디다

두지 못해

방황했던 시간들

이제 와 보니 그것이

다 부질없었던 것을

방황

어디로 가야 할지
낯선 곳 네 거리에
난 그냥 서 있을 뿐이다

약속

몇 번이나 세웠던 계획

손가락 걸고

약속하였지만

또 시간을 재촉하며 사라지고 있다

무관심

숨을 헐떡이며 오른 언덕길
잠시 고르고자
멈춘 곳에는

나무에 기대어
바람이 지나가기를
기다리는 작은 식물이 있을 뿐

나뭇가지에 걸린 깃발의
아우성에는 누구의 눈길도 없었다.

부는 바람만 저 갈 길
가고 있을 뿐

승화

정작 품에서
떼어 놓으려니
싫은가 보다

굳어진 화석마냥
꺼내어도 꺼내어도 남겨진
부스러기는
주위에 날아다니고

깨끗이 비우고자
했던 마음은
고행의 연속이었다

의미 없는 단어

내 앞에 쌓여 있는
종이에 적힌
글자들

다 무슨 소용 있으랴

덮쳐오는 파도에
물 묻은 종이인 것을

품 안에서

주워 담을 수 없이
헝클어졌던
마음이 조금씩
돌아오기 시작했다

내 힘으로는
할 수 없는 일이 일어나고 있다

언제 또다시
변덕을 부릴 수도 있겠지만

지금은 그분의 품 안에서
평안을 얻고 싶다

모든 게 다 헛되고 헛될지라도

가시와 기둥

가시가 박힌 자국은
피가 흘렀다.

하지만 옹이 박힌 자국은
굳어 있었다

고뇌

순백의 계단 위에
올라갈까 내려갈까
고민하다 한 걸음
내딛는다

주춤거리는 내 감정의
선 위로

경계를 허물다

하늘과 바다를
경계하던 수평선

까만 어둠 속으로
사라지고

어둠 속 공간
손 벌려 재보니

아득히 먼 거리
두 손만
어둠에서 헤엄치고 있다

거울 앞에서

거울 앞에 서서
예쁜 잠옷을 입고
한 바퀴 돌아본다

반 바퀴 돌 때도
몰랐던 인생의 쓴맛
두 바퀴 돌 때
맛보았다

내 인생 바다에
암초가 그리 크게
반기고 있는 줄
어이 알았으리오

부서지고 부서진 몸
육지로 헤엄치고 나왔을 때
나를 안아주는 건 옛 고향의
품이고 피붙이였다

질주

앞만 보고 흐르는
냇물에게

바람이 잠시 걸음을
막는다

구멍 숭숭 난
나뭇잎 안겨주며
천천히 가도 된다고

앞만 보고 달리는
우직한 바람

계곡이 잠시 멈추라고
붙잡는다

바위에 앉아 쉬었다
여유 있게 가라고

바위손

쏟아내도 쏟아내도
실타래처럼
해면 깊숙이 있는
응어리는

풀어주려 풀어주려
애를 써봐도

바위에 딱 붙은
바위손처럼

스치는 바람의 속삭임도
귀찮다는 듯
망부석 되고 있구나

뒤늦은 후회

돌아보면 아무것도
아니었음을
왜 그리 가슴앓이
하였던가

한 발자국만
뒷걸음 쳤어도
보였을 세계에 눈과 귀를
왜 막았을꼬

마음 졸이며
가슴 두드렸던 시간들
돌아보면 아무것도
아니었음을

후회의 홍수 범람하고 있다

마음이 허물어지던 순간

너무 많은 벽을
쌓아놓았나

약속 없는 방문에
몸속의 핏줄
발끝에서 머리까지
마라톤하고

심장은 제멋대로
방아를 찧어대고

눈치 없는 발길은
저절로 뒷걸음치는데

눈치 채었나
불청객 눈에 눈물 담고
지난 이야기 주렁주렁
늘어놓는다

미처 잠그지 못한

수도꼭지처럼

쏟아지는 이야기

빙벽처럼 굳었던 마음

미움의 벽이 녹고 있었다

깨달음

세상의 이치가
달라지기야
하겠느냐마는

우리가 사는 세상
지각의 변동이 생기고
삶의 방식이 바뀌고
있다네

제멋대로 세상을
누비고 다니는
코로나 때문에

우리의 미풍양속도
깨어지고
생활의 리듬도 깨어지는 세태 속에
나는 살고 있다네

하루 차이

어제와 오늘이라는
글자를 보내 보고
또 그 글자 위에
나는 서 있다

불면증

너무 어두웠나
별 하나 등대처럼
반짝이며
길을 밝힌다

쉬이 오지 않는 잠

반짝이는 별
숫자 세며 이 밤을 넘겨본다

별 하나 , 둘

갱년기

언제부터 나에게

친구 하자고
러브콜 보내는 이 친구

나와는 코드가
맞지 않는데

허락도 받지 않고

무단 침입해
내 생활과 마음을 멋대로
휘젓고 다니고 있다

내 의지가 이리
약했던가

어둠 속에 있는 나를 보며

어둠이 욕심부리며
주위를 날개 속에 감추어 둘 때
들려오는 귀뚜라미의 노래소리

계절이 빨리 감을 노래하는 것일까
괜스리 울컥해지는 마음에
더듬더듬 발자국을 옮기며
어둠 속을 헤매는데

잠시 가졌던 연주회도 낯선 이에게
허용치 않는 밤의 무정함에
또 다시 발길을 돌려본다

잠 못 이루는 밤

여행하면서도
뇌리 속에 어머니가 계시고

쉬이 잠들지
않는 것은
무수한 생각들이 넘나들기 때문일까

창 밖에 부딪히는
바람소리
방파제에서 들려오는 파도의
신음소리

뒤척이는 옆 사람의 고운 얼굴이 지난 시간의 창문을
두드려주고 있다

보고 싶다

어느 곳에 있을 너
진짜 많이 보고
싶다

며칠 전 전화로
너의 존재를
다시 한번 생각
해본다

정말 많이 보고픈
너
생각하면 가슴이
아리는데

무엇이 세상 속으로
너를 꼭꼭 숨게
하였는지 이해할 수는 없지만

많이 보고픈 친구여
어디에 있는 거니

오늘도 어느 곳에서
슬픔을 안고서
시간의 흐름을
지켜 보고 있는 거니

오늘도 보고픈 마음에
이 밤을 소리없이
친구하고 있다

떠나고 있다

검은 바다 위를
날으는 묵선

앞뒤 위 꼭꼭
자물쇠를 채어
안을 볼 수 없다

안에서도 마찬가지일까

밖으로 내다보고
싶은 마음 꼭 닫고
가는 것일까

묵선 밑바닥. .
한번 세심히
쳐다본다

그리움 한 움큼
숨겨놓은 곳 있을까

검은 구름으로
꼭꼭 덮은 묵선은
별님의 인도에
묵묵히 따라가고 있다

행선지가 어디인지

지난 흔적

돌아보고
펼쳐 보면
아무것도 아닌
흔적들

왜 그리 놓지를
못하였을까

그 시절 페이지
펼치고
들여다보면

아무것도 아니었음을

되돌아 반겨보니
눈물 한 방울
살며시 흐른다

제2부

여명이 오기 전에

봄의 향기

미소 짓는 햇살에
수줍은 듯
고개 숙이는 쑥과 냉이

초록 융단 깔린
넓은 들녘에
살짝 고개 내민 야생화

안쓰러웠나
바람이 살며시
거들며 지나가고 있다

희망

겨우내 꽁꽁
얼었던 계곡의 물이

따사로운 미소에
조금씩 녹기
시작한다

아주 오래전
굳어 있던

화석처럼
녹지 않을 거란
생각을 깨고

여명이 오기 전에

어둠이 갈 채비를
하기도 전에
집을 나서 본다

쌓여 있는 어둠에
거리 신호등
팔색조 변화를 주고

어디선가 들리는
클락손 소리

분명히 같은 공간인데
한 치 앞을 못 보는
어둠과 운무의 교차지점에
인간은 무기력할 뿐이다

은혜로다

환한 빛으로
다가오는 기쁨
눈부시도다

속 안에 가득 찼던
욕심이 조금씩
녹여나가고

주체할 수 없는
거룩한 사랑에

몸과 마음은
한없이 오열하고 있다.

석양

어스름 하늘은
축제의 팡파레 울리고

병풍처럼 펼쳐진
구름 속에는

노란 꽃술 보이도록
웃음꽃 핀 동백꽃

주연배우 되어
저녁 하늘 수 놓고 있다

명절이 끝나고

하나하나 문을 열고 나간다

닫혀지는 현관문

밤새 신나게 놀던
거실 등과
게임기들은

풀 죽은 듯
화초를 바라보며
고개를 숙이고

베란다에 고개 내민 내 마음도
시동 켜는 소리에 풀이 죽는다

양파

한 꺼풀 벗길 때마다
향기를 내뿜는다

겉에서 알 수 없는
강한 내음이

얼마나 많은 생각
속 안에 또아리
틀고 있었을까

하얀 속살에 부끄러울 마음속
깊이 그 누가 짐작하랴

침입

환기시키려
열어본 창문

어둠이 펼친
그물망은
끝을 알 수 없고

체념하듯
받아들이는 세계
속에

바람은 나를 밀치고 자리에
앉아 버린다

달맞이

어둠이 내린
길을 소리 없이
오르는 사람들

언덕 오르기까지
달님 얼굴 비추지
않기를

한 손은 가슴에
한 손은 주머니에
넣고 발걸음
재촉하며

언덕을 오르니
버선발로 뛰어
나온 듯 반기는
보름달

환한 그 모습에

힘든 마음도 잠시

가져온 선물 주느라 마음들

바빠지고

하루의 일과

마라톤 하듯
달렸던 시간

어둠의 커튼이
내리어지고

그 길을 산책하는
내가 있었다

끝없이 펼쳐진
길은 나에게
소곤거린다

고생 많이 했다고

버섯

따사로운 햇살에
무거운 듯
내려오는 눈꺼풀

누군가 제가
욕창 생길까
몸을 뒤척여줍니다

짜증이 일어나도
햇볕을 골고루
쐬어주는 배려에
눈 질끈 감고 견디는 나의 인내

오랜 시간 사랑
받는 길이기에
얌전히 손길에 맡겨봅니다

해님의 미소

침실 안까지 길게
손길을 뻗어
얼굴을 어루만지는 해님

그만 일어나라고
주 시작되는
첫 출근이라고

조금이라도
더 자려고 실랑이
하려는 나에게

사랑의 레이저
쏘아댄다
환하게 웃는 미소로

노을의 속삭임

차창 밖으로
보이는 노을

집으로 돌아가기
많이 아쉬웠나 보다

누워 있는 능선에
무엇을 그리
속삭이는지

능선 주위가
발그레 붉게
여운을 남기고 있다

봄의 미소

긴 겨울과
씨름하고 다운되었던 나

부드러운 봄의
미소에 빠져든다

마음의 싹을
틔우려고
웃음을
찾아보려고

생각에 생각을
채우며
지금까지 지나쳐
왔던 것들
다시 보니

파란 하늘

두 팔 넓게 벌리고

반기고 있다

무법자

칠흑 같은 어둠이 대지 위를
꼭 끌어안고 휴식을 취하고자
할 때

헤드라이트 켜며
방해하는
자동차의 질주가
보인다

목적지가 어딘지
모르지만

숨 가쁘게 달려가는
모습에 연민이 느껴진다

벚꽃

혼난 아이처럼
볼을 부풀린
벚꽃

부드러운 한마디
속삭여주면

스르르 화 풀려

환한 꽃망울
터트릴 텐데

파김치

꼭두새벽
다듬고 씻기더니
잠시 숨 쉬라 자유 주네

언제 변할지
모르는 마음씨

조용히 눈감고
기다리니

알록달록 물감 섞어
골고루 색칠하네

안경의 가출

안경이 집을
나갔다

겨우내 참았다
해동되니
나간 것일까

아님 내 변덕에
지쳐 나갔을까

무슨 이유로
문밖을 나섰는지
알 수 없지만

알고 있니
집 나가면 고생이라

선물

인편에 보내온
작은 보따리

보고 싶은 마음에
얼른 열어보니

봄날의 향기 품은
나물과 쑥떡

계절을 잊고 갈까
걱정한 친구의 고운
마음이었다

네잎클로버

가볍게 기침하는
바람에도
흔들리는 연약한 잎

초록의 벌판에
행복이란
명찰을 달고 있는
세 잎

그 옆에 수줍은 듯
브이 표시하는
네 잎의 행운

세 잎의 행복은 우리 곁에 머물고
네 잎은 우리의 소망
담아 희망을 퍼트린다

청포도

송골송골 맺힌
땀방울처럼

알알이 모여 있는
정겨운 모습

뜨거운 태양 아래

수줍은 듯
익어가고 있다

풀벌레의 질투

소리 없이 찾아온
가을이 서운했는지
밤새도록 울어대는
풀벌레 소리에
새벽을 맞이해 봅니다

잠깐 잠깐 소식
전해주는 가을비에도
마음 상했는지
서러워 우는 노래곡조가

한 번씩 꿈틀대는
마음속 깊은 곳에 담겨 있는 나의 진심을
톡톡 건드리고 있습니다

너와 나

한 걸음 걸어보니
저 멀리 오는
너의 모습에 발걸음이
멈추어 선다

내 한 걸음
너 한 걸음
더 내딛으면 가까울 수
있지만
어느 순간 흩어지는 마음

무엇이 너와 나를
이처럼 벽을 세우는
것일까

끊임없는
갈등에 흔들리는 발걸음

결국 등 돌리고 마는
자존심에 땅만 무게를
못 이기고 울고 있다

선물

환갑이라는 단어에
촛불을 켜니
기다렸다는 듯 날개를 펴며
날으려고 하는 사연들

질풍노도처럼 달리며
어깨와 등을 꼭꼭
조였던 시간들

어깨에 얹어 주는 대로
메었던 무게
가슴에 박히던 대로 담았던 사연

겉으로 들어날까
꼭 껴안으며
바쁘게 감았던 마음을
조금씩 풀며 만져본다

지난날 찬란히 빛나던 순간도

상처에 무너지던 순간도

세월 속에 감춰진 하나의 흔적이란 걸

대한민국 지도에 담긴 아픔

지도를 펼쳐보면
거대한 형상
눈 앞에 펼쳐진다

위쪽을 바라보며
금방이라도
움직일 듯 포효 하는 모습

그 기세에 박수 치며
눈길 내리니
꼬리가 있는 호미곶

하늘을 받들고 있는
두 손에는
자전과 공전이 맴돌고 있다

누가 대한민국을

순한 민족이라 했던가

지금은 반 허리
잘린 모습이지만
허리가 완전히 낫는 날
달려 보리라
한라에서 백두까지
아니 세계로
대한민국 기상
펼쳐 보리라

제3부

무게를 메고

길 위의 인연

엊그제까지도
이 시간대에 마주친 이웃이
요사이 보이지 않는다

며칠은 시간이 어긋났나 보다
생각했는데

오랜 시간 스치며
인사하던 이웃이라
궁금해진다

오지랖 넓다 생각하면서도
스쳤던 인연 중에
하나로 접어본다

후회는 없었다

돌아본 길에는 안개만이
날개를 펼치고 있지만
후회는 없다

억지로 걸었던 길
먼지 날리고
돌멩이 닮은 모래가
발바닥에 흔적을 남겨도
걸어야 했던 길

이제는 그 길에 싹이
조금씩 자라고
부드러운 융단이 펼쳐졌다

맨발로 뛰어다녀도
상처 나지 않게
바람이 고운 모래 업고 와
살며시 덮고 있다

인연의 흐름

사람이 사람을
만난다는 것
인연이 있었기에
가능한 것이다

악한 인연이건
선한 인연이건

가끔 우리는
뒤통수치는
인연을 만날 때도 있다

하지만 그것도
내 인생을 스치는
인연이기에

스치는 바람결에

흐르는 물결에
가도록 놔두어야 한다

가슴에 담아두기엔
바늘 끝에 찔림이
너무 아프기에

작별

보내야 하는 마음에
또다시 한번
손길에 담아본다

밤새우며 네 모습
맞추어 가던 시간

섬세한 손길에도
마음에 들지 않으면
거부해 애타게 하던 순간

속으로는 화산이
끓고 있었지만

여명의 발자국에
먼 길 떠나는 너를 보듬어 보낸다

잘 가라

인연이란

원치 않아도
태어나서 만나는 선
선의 인연이든
악의 인연이든
만나야만 하는
과정이라면
그것은 다가올 것이고
그것은 살아가는 데
도움도 될 수 있고
후회도 줄 것이다

무게

피곤해진 육신을
살며시 눈 감아주는
어둠에 감사한다

수많은 생각이 파노라마처럼
내 앞을 스쳐가는데

화살 촉처럼 빠른 시간
아무리 달린다 해도
따라 잡을 수 있을까

덧없는 세월의 무게에
잠시 기대어 눈을 감아본다

흔적

삶 속에 스며드는
추억의 파편

가슴 가득 찌르는
삶의 파편

흔들리는 마음
날개로 살며시
덮어주는 바람에

눈물 한 방울 또르르
보여줍니다

어둠의 나래

살며시 내 주위를
소리 없이 감싸고 안는
어둠의 그림자에 은근히
기대어 본다

유난히 굴곡 많던
오늘 하루가 내게는
십 년의 세월 같은데
이 순간 모든 게
잠시 소멸되었으면

점점 격정적으로
다가오는 몸짓에
나를 맡기어 본다

도망

기계 속에 갇힌 나
도망치고 싶다

갈수록 늘어나는
기계를 보고
포효해 본다

저 잘났다 소리치는
틈 속의 소음

오늘처럼 억수같이
비가 쏟아지는 날이면
이곳을 벗어나고 싶다

그리움

꿈을 찾아 꿈꾸던 시절
하얀 도화지 위에
마음껏 그림을 그리던 시간들

다 어디로 갔을까
다 어느 곳에 있을까

작은 꿈들이
피어 피어 큰 송이로
피어났을까

흔적조차 찾기 힘든 그 시절
보고 싶고 달려가고 싶다

실체

수많은 시간 속에
헤엄을 쳤던
그리움의 강

강을 건너보니 알겠네

그리움은 마음의 상념일 뿐
허상의 꼬리였다는 걸

정화

커피의 찌꺼기 내리어
맑은 커피를
마시는 것처럼

의지와 상관없이
주위에 생긴 일

조금씩 내려지는 커피처럼
정화돼 가면 좋겠다

호주의 하늘에서

호주의 하늘에서
나를 찾았다

마음속에 있는 분노와
오염의 찌꺼기를
털어 버리고 싶었던 순간
하강하는 순간에 나를 맡기고

세상의 모든 고뇌와
분노를 정화시키고
한 마리 새가 되어
창공을 날았던 순간이
있었다

모래사장에 착지한 순간
때 묻지 않는 순수의 모습으로
세상을 바라볼 수 있는
시야가 보였다

풍경 소리

처마 밑에 청아하게
들리는 풍경 소리
맑게 세상 속에
울려 퍼지는구나

마음속 티끌마저도
정화시킬 것처럼

천년 사연 간직한 나무에
소식 전해주는
은행잎의 희생

풍경 소리에 스스로
낙화시키는 밑거름이 아닌지

이슬의 속삭임

이슬 한 방울
꽃잎에 또르르
내린다

수많은 잎사귀 중 시야에 보이는
작은 몸짓

밤새 떨었을
너에게 손 내밀고 싶지만

닿는 순간 산산이
부서질까 두려워진다

잠시 쉬고

한 계단 한 계단
오를 때마다
가빠지는 숨소리
잠시 앉아 고르고 보니
주위 풍경 시야에 들어온다

바쁘다 앞으로만
전진하였던 시간
왠지 코끝이 찡해진다

무엇을 위하여
그리 뛰었을까

자식을 위하여
노후를 위하여
부모님이 그리 사셨으니까
당연히 그리 해야 되는 줄 알았을까

잠시 쉬어 본 자리에서

살아온 인생길 물음표 던져본다

예전에 미처 몰랐습니다

예전에 미처
몰랐습니다
손 뻗치면 닿을 것 같은 하늘
저리 멀 줄

예전에 미쳐
몰랐습니다
칼바람이 스쳐도
베어진다는 사실을

변신

공사장에서
가져온 나무토막

온몸에 못 자국

하나하나 뽑아보니
깊숙이 박힌 자국
휑하다

바람이 쓸고 간
울림에
마음 안쓰러워

꽃 한 송이 심으니
환하게 미소 짓고 있다

무게를 메고

박스를 어깨에
메고
한 손은 생수 팩을
들고

계단을 올라가는
택배 아저씨

그가 멘 것은
가장의 무게
그가 든 것은
현실의 무게

묵직한 무게를 담은 발걸음
계단을 오르고 있다

지금 나에게 필요한 건

빽빽이 채워진
나의 공간

이렇게 할 수밖에 없을까

위를 봐도
옆을 봐도
아래를 봐도

숨 쉴 수 없는
공간

나에게는 여백이
필요하다

기말시험 끝내고

한 학기 마무리하는
기말시험을
끝내고 카페로
발걸음 옮겨본다

지나는 바람도

대견하다고
어깨를 토닥거리고

줄 서 기다리다
시킨 커피는
긴장 풀린 마음에
편안함 주는데

학우들의 미소 띤
얼굴 유리창 너머로
반기고 있다

노을의 슬픔

붉은 노을을 안고
노를 저으며
서쪽으로 가는 저녁하늘

하고픈 말 많다고
가기 싫다고
멈추고 있는 노을을
재촉하는 하늘은

조금씩 어둠의 커튼을
내리어 주고 있다

또 하루의 탄생을 위해

흔적 없이 사라지고 있다

거대한 화염이
온 산야를
분해하고 있다

숨도 쉬지 못하게

무엇이 그를 이처럼'
광분하게 하는 것일까

마음에 독기가
가득 찬 사람처럼
임무에 충실한
일꾼처럼

시야에 들어오는 모든 곳을
붉은 빛으로 물들이며

더 멀리 가려고 높이 뛰기도
시도하고 있다

감나무의 회한

하늘의 둑이
터졌던 걸까

유난히 눈물을
많이 흘렸던 여름

쏟아지는 눈물
온몸으로 견디며
지냈던 시간

열매들 잃어 버릴까
노심초사 하면서
가늘어진 뿌리로
온 힘을 다 쏟은
너 감나무야

부는 바람에 우수수
떨어지는 나뭇잎
잡아 줄 힘도 없구나

참회하며

가슴에 박힌 가시
하나씩 뽑아본다

심장을 관통하며
토네이도처럼
맴돌고 있는 말

얼마나 힘들었을까

가슴에 날개 되어
다닌 흔적들
거북이 등짝처럼
수면 깊숙이 박혀 있다

얼마나 많은 눈물 흘리었는지
깊은 도랑 되어 흐르고

제4부

동백꽃의 한숨

나이 허리띠 풀어보니

흘러가는 구름을
따라가 보니

내 나이 어느새
육십 계단을
한 계단 올라서고
있구나

인생의 사계절
휘청거릴 때
든든한 반석 되어준
부모님 은혜가
이리 크심을

부모님 나이 되어
아이들 도움 되고자 하나

걸음의 반도 못 따라가는 나는

나이 허리띠만

공연히 붙잡고

있구나

케이크

해맑은 미소를
가득 담고

두 손에 소중히
무언가를 들고
오는 손녀

그것은
휴지로 만든 케이크

불어 달라 하여
호 불으니

너울너울 춤추며
다니는 꽃송이

손뼉 치며 춤추는
손녀의 모습은
사랑 그 자체였다

우리 가게

전국적으로
비가 내리는 날이면

이 도시 저 도시에서
소식 안고 오는
산사나이들

그들에게 필요한
물건이 가득 찬
우리 가게는
만남의 광장이자
정보교환장

밀물처럼 밀려와
볼일 다 보고
썰물처럼 사라지면

해는 어느새
집으로 돌아갈 채비를 하고 있다

반지

어머니가 살그머니
내민 금반지

아버지가 청혼할 때
주셨다던 증표

죽을 때까지 팔지 말라고
다짐을 하는 말씀에

목젖이 울컥해진다

감의 변신

내 앞에 올 때
너의 모습
붉은 수줍음 띠고 있었지

예쁘게 깎아서
햇살 좋은 베란다에
널어놓으면

우리 막내딸
좋아하는 반 건시
내가 좋아하는 곶감

햇살 바람에
고군분투하며 붉은 색
옷 입는 모습에
손이 절로 가는구나

나의 아버지

아버지 나의 아버지
이 시간 왜 이리 그리운지요

많은 시간이 흘러도
가슴 먹먹히 그리운 모습

진정 보고 싶습니다

몸과 마음이 힘드는 날
유난히 그리운 아버지
여름이면 반복되는 총상 후유증
얼마나 아프셨을까

오늘처럼 장대비 쏟아지는 날이면
상처에 고통스러워 하시는 아버지 생각나
주저 앉아 웁니다

사랑합니다 보고 싶습니다

갈등

내려가야 하는 딸
신경쓸까 괜찮다며
등 떠미는 어미의 속 마음

떠나는 버스 뒤에
두 손으로
눈물 훔치고 있다

얼마나 붙잡고 싶을까
얼마나 가지 말라
하고 싶을까

그 모습 보고도
차마 내리지 못함은
삶의 전선에
머물러 있기 때문이다

늦둥이

두 아이들 성화에
거짓말을 하였다

삼 년 동안 기도하면
동생이 생길 거라고

그런데 기적이 일어났다

큰아이 다섯 살
작은아이 네 살

아이들의 순수한 마음에
우리집 늦둥이가 생겼다

아이 둘을 연년생으로
키운 서툰 엄마였던 내가

역시나 늦둥이한테도

서툴렀다

조그맣고 작은 아기가
우리집에 온 날
아이들의 함성 때문에
아파트가 들썩이던 날

너는 기억 못하지

삼칠일 안 됐다고
언니 오빠가 친구들도
들어오지 못하게 한 걸

언니 오빠는 그렇게
너에게 정성 쏟았단다

부모보다 더

새 생명의 탄생

세상이 떠나갈 듯
우렁찬 소리
장씨 집안의 한 세대가
연결되고 있다

숨 넘어갈 듯 지르는 소리
아들이 말을 한다
아빠야 알아보겠니

신기하게 울음을
그치는 손주
태교 중에 대화를
많이 했나

엄마의 바다 속에
들었던 소리
기억하며 눈 뜨려는 모습

왠지 저 아래 깊은 곳에서
뭉클한 감동이 오르고 있다

구천동을 담으며

계곡 속에 그려진 풍경
피어 오르는 전설의 향기

닿는 발걸음 수줍은 듯
지난 사연 속삭이고

등 뒤 다독이며 반기는 바람
계곡 사이 안내하겠다고
앞장 서는데

신심 깊은 신자들
기도에 붙여진 이름
오염될까 뒤꿈치 들고 걷다

향적봉에 올라보니
머리는 하늘을 닿은 듯
손은 구름 속에서 그림을 그리고 있다

동백꽃의 한숨

만개한 동백꽃잎
행복에 취하였나
입천장 다 보이도록 웃고 있다

수줍음 많아
나뭇잎 사이 숨던
그 모습 어디 가고

온 세상 안 알아줄까
붉게 붉게 온 몸을 태우다

다 태우지 못한 마음
꽁무니에 달고
서서히 어둠으로
발길 돌리고 있다

문무대왕릉

죽어서도 나라를
지키겠다던
신라의 문무대왕

바윗돌 건성 쌓여진
바다 위에 잠드신
당신의 흔적

갈길을 막는
파도의 심술 때문일까

세월의 인심에
밀려오는 파도가
해안에 하얗게 부서지고 있다

도도한 간월도

들어가는 시간이
조금만 늦어도
타인의 출입을 거부하는 곳

너 보고 싶어 먼 길
달려왔다고 사정해도
다른 길 택해서 오라고
냉정하게 말했던 너

우연히 지나던 길
보고 싶어 들렀던 길
이심전심이었나

열어주지 않던 마음
두 팔 벌려 환한 미소로
반기고 있다

| 평설 |

서정적 동일화와 자존감의 차별성
- 박득희 시인, 그 사유의 거리와 자리매김

엄창섭 (가톨릭관동대 명예교수)

1. 자기 성찰의 해법과 동질성의 변주變奏

모름지기 특정한 시인의 시적 작위作爲에 있어 아일랜드 극작가 죠지 버나드 쇼(George Bernard Shaw)의 "무관심은 죄악이다."라는 삶의 교시를 가늠하지 않더라도, 모처럼 그 자신의 시혼을 눈부시게 꽃 피우며, 생명의 존엄성을 절감하면서도 흘려보낸 일상의 자잘

한 기억 흔적을 눈물겹게 채색한 시편을, 햇살 빛나는 아침 창가에서 접할 수 있는 것은 더없이 감사할 일이다. 까닭에 날(刃) 푸른 생명의 기호에 의한 행복한 언어의 집짓기는 어디까지나 깊은 영혼의 상처로 고통받는 이 땅의 대다수 이들에게 감동을 회복시켜주는 시적 행위는 못내 유의미하다. 그렇다. 소소한 일상의 삶에서 그간에 세상살이의 안부를 전하며 내면의식에 잠식된 삶의 중량감을 명증하려고 그 나름의 시적 상상력을 확장하고 깊은 사유의 거리를 온몸으로 체감한 정신작업은 더없이 진실하여 역동적이다.

그 같은 맥락에서 현대시의 현상과 존재론적 해석의 문제로 견고한 고독 앞에서 저토록 고뇌하면서도 '눈부신 시의 꽃을 발화시킨' 그 자신의 통시적 관점과 시적 차별성의 검증을 끌어내기 위하여 절박한 심사心事로 시혼을 불태우는 끈질긴 정신작업은 엄숙하여 비장감이 묻어난다. 또 한편 아득한 기억의 편린片鱗을 재현하는 '숙련된 언어의 연금술사'로서 차별적인 일상화와 시적 작위作爲는 지극히 개아의 차별성을 일깨워줄 시대 상황의 공시적 관점이기에, 깊은 사유를 걸친 결과물은 동시대의 특정한 누군가에 심층적으로 분할 · 통합될 여건의 충족감에 견주어져 명백한 분위

기다. 아울러 박득희 시인의 다양한 시 의미가 서정성에 융합된 담백한 시격詩格의 첫 시집 『민들레의 꽃』(대한, 2022) 간행 직후, 이처럼 호흡을 가다듬고 묶어낸 『참회하며』는 이 땅의 충직한 독자들의 관심과 신선한 충격을 끌어모을 그 믿음에 일체의 물음(?)은 결코 허락하지 아니할 것이다.

이 같은 관점에서 짐짓 미래가 불확실한 삶의 현재성은 하나같이 지나친 자기합리화와 획일화된 변명에 의한 비열한 이기주의로 치닫고 있기에. 일상의 처소에서 직면하는 물상에 대한 공포와 불안, 그리고 초조감에서 비롯된 자아분열의 양상은 자의식에서 비롯된 지나친 욕망에 맞물려 음울함과 거대한 갈등구조로 변형되는 세태여서 더없이 안타깝다. 특히 박득희 시인이 새롭게 선보이는 "내려놓는다/하면서/의지로 안되었던 생각들//속 안에 파도치던/생각에/몸과 마음이/찢기였고(상처)"의 보기에서나 또는 "손가락 걸고/약속하였지만/또 시간을 재촉하며 사라지고 있다(약속)"의 아쉬움은 따뜻한 감성에 의한 진한 감동의 회복과 맞물려 있지만, 끝내 "까만 어둠 속으로/사라지고//어둠 속 공간/손 벌려 재보니(경계를 허물다)"라는 전의식에 의해 그 존재감은 각별한 낌새다.

차제에 개념도 불확실한 이념의 대립과 갈등으로 암울한 시간대에서 그 나름으로 존엄한 생명 외경심을 끊임없이 추구하여 회복시키려고 그 자신이 켜켜이 쌓아놓은 이전의 작품에 만족하지 아니하고 다음 작업에 눈부신 도전정신으로 주의 집중한 시적 행위는 눈물겹도록 명백한 창의적인 소치이다. 까닭에 또 다른 시편인 '돌아보면 아무것도/아니었음을/왜 그리 가슴앓이/하였던가'의 「뒤늦은 후회」도 그렇지만 그 자신이 여행하면서도 2022년 1월 21일에 쓴 시편에서 '뇌리 속에 어머니가 항상 계신 까닭에' 「잠 못 이루는 밤」도 그렇거니와 가시적인 일체의 대상은 끝내 소멸하고 또 나뉨의 이치를 「떠나고 있다」라는 시편에서 이처럼 일깨워줄 따름이다.

차제에 다양한 삶의 궤적을 통해 누구보다 친밀한 정감이 한층 돋보이는 정신작업의 소유자로 우리 곁에 친근하게 다가온 그 자신은, 시의 본질인 아득한 서정성을 시적으로 형상화하며 자아의 못다 부를 변주곡으로 읊어내는 나직한 육성은 물안개에 촉촉이 젖어 감미로움을 충동적으로 안겨주기에 부족함이 없과 비장감이 없다. 특히 작금에 의학보고서가 '좋은 노래나 아름다운 풍경의 경이로움에 압도되거나 엄청

난 사랑의 감미로움에 빠져들 때 엔돌핀보다 다이돌핀(didorphin)을 생성하여 전혀 반응이 없던 호르몬 유전자의 활성화로 질병을 퇴치하듯이' 모처럼 상재上梓한 시적 상상력의 결과물인 시집의 편집구성은 〈1부 24편, 2부 25편, 3부 26편, 4부 13편(총 88편)〉을 기승전결의 4단 구도로 처리하여 낯설지는 아니하다. 까닭에 그만의 감미로운 시적 등가물은 따뜻한 감성을 축으로 한 눈부신 서정의 시학이기에 풀꽃 향내를 토해내며 잔잔한 정감을 일깨워줄뿐더러, 모성 같은 친근하고 정갈한 시감詩感이 경이로워 시적 치유의 가능성을 다분히 내포하는 분위기다.

2. 창조적 영혼과 탐미성耽美性

각론하고 스위스의 문예학자 에밀 슈타이거(E.Steiger)가 서정의 개념을 '회감懷感'으로 정의하였듯 시적 자아에서 분출되는 서정성은 '자연과 인간, 그리고 사물에 대한 주체의 동일자적 욕망의 산물'로 〈창조적 영혼과 탐미성〉이 잇닿아있기에 지극히 유념할 점이다. 또 하나 사유의 깊이나 속도감을 현상학적으로 이행하고 또 지상에서 날아오른 꽃 나비의 황홀함 이랄까? 끝내 그 가능성의 열림의 지향은 짐짓 눈부신 존재의 꽃과 결부되는 현상이다. 이처럼 몽환적夢幻的인 차별성이 치밀하고 짜임새 있는 구도처리의 대비對備로 마침내 그간의 낡고 고루한 시각의 거부감 없는 의미망의 확장은 한층 더 이채롭다.

그뿐 아니라 일상적인 개아에 의해 서정성이 확립된 시편들은 생명에의 변주를 통하여 신선한 감동을 충격적으로 일깨워주기에 분방한 상상력과 내면 인식은 유의미한 정신적 작업으로 해명된다. 까닭에 '미소 짓는 햇살에 대비시킨 쑥과 냉이'를 직물 대상으로 처리한 「봄의 향기」도 멋스럽지만 「여명이 오기 전에」 '어둠이 갈 채비를 하기도 전에 집을 나서는' 그만의 건강한 생명력은 신선한 충동이다. 그 같은 실제는 "어둠의 커튼이/내리어지고//그 길을 산책하는/내가 있었다(하루의 일과)"의 보기에서나 또는 "능선 주위가/발그레 붉게/여운을 남기고 있다(노을의 속삭임)"을 통해 건강한 생명력은 입증될 것이다. 이처럼 이 시대 최고의 환경주의자인 칸슨(Rachel Louise Carson)의 지적처럼 '새가 사라진 거대한 숲의 침묵을 상상하여 볼 때' 한순간 우리를 엄습하는 불안과 초조, 그리고 공포의 구속으로부터 일차적으로 벗어나기 위한 하나의 행위로 시작의 분할과 통합에 접근하여 잠시 영혼의 잠식에 머물러 보는 '미끄러짐의 시학'은 아름다운 삶의 지혜로 그 일깨움이 지대하다.

특히 낯설고 차별화된 소통의 화소話素는 상처받은 영혼의 치유를 위해 증오와 고통이 수용된 삶의 처소에서 온유한 심성으로 깊은 밤, 영혼의 닻줄을 피멍든 손으로 움켜잡고 진리의 종을 힘겹게 울리는 역동성과 잇닿아 있기에, 생명의 씨앗을 파종하는 그만의 시적 행보는 사변성思辨性을 한층 폭넓게 구축하는 색채가 짙다. 까닭에 순수성이 변질이 되어 서정시를 쓰기가 어려운 시간대에서 그나마 오랜 날, 평자의 지론처럼 '예술에는 국경이 없지만, 예술가에게 조국이 있다.'라는 역설은 불행하게도 지구상에 유일한 분단국의 아픔을 절감하고 있는 현상에서 "지금은 반 허리/잘린 모습이지만/허리가 완전히 낫는 날/달려 보리라/한라에서 백두까지/아니 세계로/대한민국 기상/펼쳐 보리라(대한민국 지도에 담긴 아픔)"은 결코 소홀하게 지나칠 수 없다. 이 같은 시편에 그 자신의 통한痛恨이랄까? 비장감 뒤 투명한 눈물이 묻어 있어 매우 합리적인 해법이다.

까닭에 '시는 체험임'을 역설한 마리아 릴케의 시론을 새삼 거론하지 않더라도, 지상에서 직립보행하는 깊은 사유思惟의 존재인 인간은, 영혼의 울림으로 시적 상상력을 발동시켜왔다. 까닭에 이데아의 본질을 내포한 시어의 한계성을 감응感應할 때, '언어는 생명력을 지닌다.'라는 스위스 기호학의 창시자인 소쉬르(Saussure, Ferdinand de)의 지적은 새삼 유의미하다. 또 한편 그 자신의 생명적인 정신작업에서 '느림의 삶'은 담백한 기포氣泡의 언어로 내적 충만의 가능성을 열어놓고 있는 바로 그 현재성의 충직함이다.

그 같은 연유로 저마다의 소중한 삶에 있어 누군가의 소중한 만남이 운명적임을 공감하는 그 자신이 "오랜 시간 스치며/인사하던 이웃이라/궁금해진다//오지랖 넓다 생각하면서도/스쳤던 인연 중에/하나로 접어본다(길 위의 인연)"라고 가늠한 점도 그렇거니와 그 자신의 시편 「인연이란」에서 "하지만 그것도/내 인생을 스치는/인연이기에//스치는 바람결에/흐르는 물결에/가도록 놔두어야 한다(인연의 흐름)"은 못내 소중하다. 또 한편 칼 지브란(Kahlil Gibran)이 『예언자』에서 "시는 마음속의 불꽃이고 수사학은 눈송이다. 불길과 눈이 어떻게 하나가 될 수 있겠는가?"라고

의문을 제기하였듯 '시적 상상력의 자유로움과 생명기호의 통신'을 당당한 존재감으로 지켜내며, 그 자신이 추구한 시적 내용물과 기본골격을 시적 구도의 관점에서 분할·통합할 때 시적 작위作爲는 따뜻한 감성과 자기 특유의 음성, 색깔, 느낌으로 채색되어 일순의 격정마저 평정시켜주는 역동성을 지닌다.

모름지기 종종 분망한 삶의 일상에서도 호흡을 가다듬고 묵언의 응시로 "자식을 위하여/노후를 위하여/부모님이 그리 사셨으니까/당연히 그리 해야 되는 줄 알았을까//잠시 쉬어 본 자리에서/살아온 인생길 물음표 던져본다(잠시 쉬고)"와 같은 사리를 분별하는 식별력으로 주어진 인생의 길을 저토록 만보漫步하며 삶을 관조하는 자세는 더없이 유의미하다. 그처럼 지상에서 가장 위대하고 빛나는 이름, '생명의 본원本源인 어머니!'를 통해 그만의 안쓰러움에 비장감을 못내 떨쳐버릴 수 없다. 비록 처연한 삶의 일상에서 신발 끈이 풀린 현재성에서 생명의 존엄성을 신앙처럼 떠받들며 아득한 정신풍경과 영혼의 진동을 조율하여 저며오는 마음의 아픔을 다독이는 그 자신의 바람처럼 자유로운 시혼은 무심과는 달리 다정다감한 정조情調이다.

3. 탈진된 생명 외경畏敬의 그 소중한 당위성

어디까지나 한 사람의 충직한 예언자이며 따뜻한 감성의 시인이기에 그 자신의 해명은, 마침내 한 떨기 시의 꽃과 한 번의 미소로도 현현하는 추이推移로 해명된다. 이처럼 비정한 지식·정보화 사회에 처한 이 땅의 독자들에게 영적 세계를 주입시키려는 매혹적인 서정성과 언어의 응축을 접해본 사람은 삶의 존재와 영혼의 구원을 인도해주는 신앙적 행위에 관해서 지극히 감각적이며 감성으로 보여주고 있음"이 확증되기에 공명의 극대화에 흡족하지 않을 수 없다.

그렇다. 「탈진된 생명 외경畏敬의 그 소중한 당위성」의 현실 정황에 비춰 지극히 서정시를 쓰기가 어려운 시대 상황에서 우주의 신비성을 캐내기 위한 지속적인 가치추구와 긴장감은 소홀하게 지나칠 수 없다. 까닭에 절실히 추구되는 배경 지식(schema)으로 질서의 무너짐과 으깨어진 서정성의 불감증에 관한 해법의 지대한 관심이다. 차제에 개아적인 시 세계의 차별화된 분할·통합을 생생한 일탈의 정신으로 즉물적 현상을 대비시킨 시적 수사는 그 특성이 한층 더 이채롭다.

이 같은 점에서 간혹 '사람이 사람을 만난다는 것은 인연이 있었기에 가능한 것임'을 담백한 시 의식으로 식별하는 그 자신에게 있어 "스치는 바람결에/흐르는 물결에/가도록 놔두어야 한다//가슴에 담아두기엔/바늘 끝의 찔림이/너무 아프기에(인연의 흐름)"의 양상樣相이나 '존재의 뿌리'인 가족을 중심으로 혈육의 소중함을 지상에 갈 앉은 나직한 음조로 읊어낸 "여름이면 반복되는 아픔의 고통에/있던 아버지 얼마나 아프셨을까//오늘처럼 비가 많이 오는 날이면/상처에 고통스러우시면서도/우리에게 숨기시던 모습(나의 아버지)"은 처연해 가슴을 저며 줄 것이다. 따라서 그 자신의 '체취와 색깔, 그리고 육성'을 내세워 모의模擬나 아집의 모남이 없는 그만의 따뜻한 정신지리와 아아峨峨한 풍경은 깊은 사유와 추상抽象에 맞물린 시 인식의 층위에서 눈부신 시어의 각별한 담금질이기에 지극히 합목적이다.

모처럼 세월의 격랑에 부대끼며 살아온 그 자신은 진정한 독자들이 주지하듯 무엇보다 시의 본말은 '영성靈性에 의한 성聖스러움'을 의식하는 '극소수의 창조자'로서 오로지 '감사와 축복의 삶'에 동질성을 지님은 못내 뜻깊다. 또 한편 '왠지 저 아래 깊은 곳에서 뭉

클한 감동이 오르고 있음'은 놀랍게도 "세상이 떠나갈 듯/우렁찬 소리/장씨 집안의 한 세대가/연결되고 있다(새 생명의 탄생)"라는 시적 이미지의 형사形似는 다채롭다. 일단 살아 숨 쉬는 삶의 처소에 관한 애정과 관심도가 담채색의 정신풍경화로 "우연히 지나던 길/보고 싶어 들렸던 길/이심전심이었나//열어주지 않던 마음/두 팔 벌려 환한 미소로/반기고 있다(도도한 간월도)"라는 지극선至極善의 격조格調 또한 경이로워 경건한 분위기다,

또 한편 평자 나름으로 시집 평설에서 거리감 없이 그의 곁으로 성큼 다가갈 수 있는 것은 역사 앞에 당당한 자존감의 실체로서 즉물적 현상을 따뜻한 감성의 시적 형상화로 정신작업에 '호흡명상'을 멈추지 않고 수행자의 소임을 식별한 탓이다. 그렇다. 범신론의 사상가로 '참된 선, 최고의 행복, 진정한 자유와 해방'을 철학적으로 추구한 스피노자(Baruchde Spinoza)가 "도덕과 힘을 동일한 것임"을 교시教示하였듯 도덕적 행위에서 끊임없이 경계의 층위를 허물며 상처받은 영혼의 치유治癒를 위해 역풍을 가로지를 일이다.

결론적으로 비교적 전체적으로 호흡이 단조로워도

식별력識別力과 자존감이 그 나름으로 이채로운 박득희 시인의 경우, 확고한 일념으로 역사 앞에서 지혜로운 삶의 잠언箴言을 놀랍게도 감응케 하는 그 자리매김은 못내 확정적이고 기대 이상이다. 모쪼록 시집 평설에서 평자 그 나름의 진정한 기대감이라면, '지성→감성→영성'이라는 사유의 통로를 관통하여 '영감의 비의祕義를 해명하는 각별한 '현대시의 초병哨兵으로서 생명적인 정신작업에 일체一切의 주저함 없는 실험정신의 존엄한 역할 수행'을 묵언의 응시로 거듭 관망할 따름이다.□

남기고 싶은 말

시와함께(Along with Poetry) 시인선 030

박득희 시집

참회하며

발 행 2023년 6월 12일

지은이 박득희

펴낸이 양소망

펴낸곳 도서출판 넓은마루

주 소 (03132) 서울특별시 종로구 삼일대로 30길21, 410호(낙원동, 종로오피스텔)

전 화 02-747-9897, 010-7513-8838

이메일 withpoem9@dauml.net

출판등록 제2019호-000100호

인쇄 · 제본 (주)지엔피링크

ISBN 979-11-90962-33-9(04810) 979-11-90962-04-9 (세트)

값 12,000원

이 시집은 한국예술인 복지재단의 지원을 받아 간행하였습니다.